« Tiens bon, mon vieux ! » s'écria Patrick.

« Je tiens bon ! » s'exclama Bob L'éponge.

La fusée sortit de l'océan et s'élança dans les airs.

« Au revoir, Bikini Bottom ! » dit Bob L'éponge.

La fusée monta de plus en plus haut dans le ciel.

Soudain, Bob L'éponge et Patrick se mirent à flotter dans les airs.

« Au secours ! Que quelqu'un m'aide à redescendre ! » cria Patrick en flottant vers le haut de la fusée, puis il se retrouva à l'envers. « Au secours ! Que quelqu'un m'aide à me remettre sur mes pieds ! »

Bob L'éponge regarda par la fenêtre et vit le ciel noir rempli d'étoiles. Des millions d'étoiles. « Nous sommes dans l'espace extra-atmosphérique ! » s'écria t-il.

La FUSÉE de Sandy

Presses Aventure

Créé par Stephen Hillenburg.

Publié par PRESSES AVENTURE, une division de
LES PUBLICATIONS MODUS VIVENDI INC.
55, rue Jean-Talon Ouest, 2e étage
Montréal (Québec)
Canada H2R 2W8

Paru sous le titre anglais : Sandy's Rocket

Dépôt légal : Bibliothèque et Archives nationales du Québec, 2007
Dépôt légal : Bibliothèque et Archives Canada, 2007

Traduit de l'anglais par : Catherine Girard-Audet

ISBN 13 : 978-2-89543-706-2

Nous reconnaissons l'aide financière du gouvernement du Canada par l'entremise du Programme d'aide au développement de l'industrie de l'édition (PADIÉ) pour nos activités d'édition.

Gouvernement du Québec — Programme de crédit d'impôt pour l'édition de livres — Gestion SODEC

La FUSÉE de Sandy

écrit par Steven Banks
illustré par Clint Bond

PRESSES AVENTURE

chapitre un

Bob L'éponge courait aussi vite qu'il le pouvait jusqu'à la maison de Sandy.

C'était une journée magnifique à Bikini Bottom et Bob L'éponge était impatient de voir son amie. Il voulait lui montrer le nouveau mouvement de karaté qu'il avait vu à la télévision.

« Hé, Sandy ! cria-t-il en frappant à sa porte. Ouvre-moi, je... » Tout d'un coup, Bob L'éponge cessa de frapper. Il aperçut quelque chose à côté de la maison de Sandy qui lui fit tout oublier à propos du mouvement de karaté.

C'était une fusée !

Elle était énorme, plus haute que la maison de

Sandy. Bob L'éponge dut tellement s'incliner vers l'arrière pour pouvoir apercevoir le bout de la fusée qu'il tomba à la renverse.

La fusée était peinte en rouge et argent avec une pointe à son extrémité et de petites fenêtres sur les côtés.

Sandy ouvrit la porte de sa maison. « Salut, Bob L'éponge ! Est-ce que tu aimes ma fusée ? »

« Wow ! » dit Bob L'éponge.

« Allons la visiter », dit Sandy en ouvrant la porte de sa fusée.

« Que feras-tu avec cela ? » demanda Bob L'éponge.

« Je vais aller sur la Lune ! » répondit Sandy en entrant dans la fusée.

Les yeux de Bob L'éponge s'écarquillèrent et son cœur se mit à battre très fort. « La Lune ! Wow ! Est-ce que je peux y aller ? »

Sandy secoua la tête. « Il n'en est pas question, Bob L'éponge ! Souviens-toi de ce qui est arrivé lorsque tu es venu avec moi trouver la cité perdue d'Atlantis ? »

« J'ai oublié », dit Bob L'éponge.

« Nous l'avons trouvée, puis tu l'as perdue ! dit Sandy. En plus, il n'y a pas assez d'espace pour toi dans ma fusée. »

« Mais je ne prends pas tant de place, dit Bob L'éponge en se faisant aussi petit qu'il put. Tu vois ? »

Sandy secoua la tête. « Désolée, Bob L'éponge. Tu ne peux pas y aller. »

Bob L'éponge ouvrit un petit tiroir et s'installa à l'intérieur. « Attends, regarde ! Je peux entrer ici ! » s'écria-t-il.

« J'ai besoin de ce tiroir pour d'importants dossiers scientifiques », dit Sandy.

Bob L'éponge sortit du tiroir et promena son regard dans la fusée.

« Alors, pourquoi pas ici ? » demanda Bob L'éponge en sautant à l'intérieur d'une éprouvette.

« J'ai également besoin de cette éprouvette » répondit Sandy.

Bob L'éponge parvint à grimper à l'intérieur

d'une bouteille de jus. « Je pourrais rester ici », dit-il.

« Non, tu ne peux pas ! s'écria Sandy. Bob L'éponge, il s'agit d'une importante mission scientifique ! Je n'ai pas le temps de m'amuser ! »

« Moi, oui ! » dit Bob L'éponge en se sortant de la bouteille de jus.

« Pas de jeu ! Pas d'embarquement clandestin non plus ! »

Bob L'éponge aperçut une petite armoire avec des barreaux à l'intérieur. Cela ressemblait à une petite prison. Il se glissa rapidement à l'intérieur. « D'accord ! Mets-moi là-dedans ! Enferme-moi derrière les barreaux ! Cela ne me dérange pas ! Je veux seulement aller sur la Lune ! »

Sandy fit sortir Bob L'éponge de l'armoire. « Il s'agit de ma prise d'air, Bob L'éponge ! J'ai également besoin de cela ! »

Bob L'éponge se mit à genoux. « Oh, je t'en prie, puis-je aller sur la Lune ? Je peux ? Je peux ? S'il te plaît ! S'il te plaît ! S'il te plaît ! »

Sandy soupira. Elle pourrait toujours avoir besoin d'une aide supplémentaire, et c'était toujours amusant d'être avec Bob L'éponge.

« D'accord ! dit-elle. Tu peux embarquer dans la soute, à condition que tu ne fasses pas de folies ! »

Bob L'éponge sauta sur ses pieds et se mit à courir autour de la fusée aussi rapidement qu'il pouvait. « Je vais sur la Lune ! Je vais sur la Lune ! Je vais sur la Lune ! Voyage vers la Lune ! Voyage vers la Lune ! Je m'envolerai vers la Lune ! »

Sandy l'arrêta. « Hé ! fais attention ! Ne touche à rien ! »

Bob L'éponge ramassa alors un long tube avec une détente et un filet à l'extrémité. « Wow ! Regarde ce pistolet à bouchon ! Allons-nous chasser des extraterrestres sur la Lune ? »

« Ah, calme-toi, grand fou ! dit Sandy. Ceci est pour recueillir des roches lunaires. Allez, je vais te montrer. »

Ils sortirent de la fusée.

Sandy dirigea le collecteur de roches vers quelques galets éloignés. Elle appuya sur la détente et de petits filets jaillirent et enveloppèrent les galets.

« Tu vois ? Voilà comment je parviens à recueillir des spécimens de roches lunaires, dit Sandy. J'en ai même un autre que tu pourrais utiliser. »

« Parfait ! Mais quand nous aurons fini de jouer avec les roches, nous pourrions l'utiliser pour une sérieuse chasse aux extraterrestres, n'est-ce pas ? » demanda Bob L'éponge.

Sandy soupira. « Des extraterrestres ? Es-tu fou ? Je suis déjà allée sur la Lune, et il n'y a pas d'extraterrestres. »

Bob L'éponge sourit puis ricana silencieusement.

« Sandy, Sandy, Sandy. Comment peux-tu être aussi peu scientifique ? Il y a des preuves que les extraterrestres existent un peu partout autour de nous ! Comment peux-tu expliquer les poux ? Les parasites ? Les magasins à quatre-vingt-dix-neuf cents ? »

Sandy secoua la tête. « Bob L'éponge, tu ne connais absolument rien à propos de l'espace. Maintenant retourne à la maison et repose-toi. Sois ici demain à l'aube et oublie tes idées folles d'extraterrestres ! »

chapitre deux

Bob L'éponge retourna immédiatement chez lui dans sa maison en forme d'ananas et se coucha.

Gary, son escargot, était sur le sol à côté du lit de Bob L'éponge. Gary dormait sur une pile de journaux au cas où un accident se produirait. Il n'avait malheureusement pas encore appris à être propre à l'intérieur de la maison en forme d'ananas.

Bob L'éponge régla son réveil pour l'aube. Il tenta de dormir mais il était tellement excité que la tâche n'était pas facile. Il jeta un coup d'œil à son réveil. Il restait encore plusieurs heures avant l'aube.

« Dépêche-toi ! dit-il à son réveil. Va plus vite ! »

Le réveil ne prêta aucune attention au commentaire de Bob L'éponge et continua à tic-tacquer lentement.

Bob L'éponge regarda par la fenêtre. Il faisait toujours nuit. « Allez l'aube, arrive ! »

À ce moment précis, Patrick l'Étoile de Mer, le meilleur ami de Bob L'éponge, passa sa tête dans la fenêtre de la chambre. « Wow, Bob L'éponge ! J'ai appris que tu allais sur la Lune avec Sandy. »

« J'y vais, et j'essaie de dormir ! » répliqua Bob L'éponge.

« Je dois te poser une importante question », dit Patrick en grimpant par la fenêtre. « Est-ce que la fusée de Sandy est protégée contre les extra-terrestres ? »

« Il n'y a pas d'extraterrestres, dit Bob L'éponge. Demande à Sandy... Mademoiselle-je-sais-tout-scientifique. »

« Vraiment ? dit Patrick en sortant un sac de papier. Alors j'imagine que tu n'auras pas besoin de cette canette de chasse-extraterrestres M. Comique Ha ! Ha ! »

« Une canette de chasse-extraterrestres M. Comique Ha ! Ha ! s'écria Bob L'éponge en prenant le sac. Laisse-moi voir cela ! »

Bob L'éponge sortit une canette rouge brillant dont il se mit à lire l'étiquette : « GARANTI POUR ÉLOIGNER TOUS LES EXTRATERRESTRES ! Où as-tu trouvé cela, Patrick ? »

« Je l'ai commandée d'un album de bande dessinée », dit fièrement Patrick.

« Alors, les extraterrestres doivent vraiment exister ! s'exclama Bob L'éponge. Allons vaporiser la fusée ! »

chapitre trois

Bob L'éponge et Patrick marchaient silencieusement en direction de la fusée de Sandy. Il était déjà très tard et Sandy était endormie dans son lit.

« D'accord, Patrick, dit Bob L'éponge, nous allons seulement vaporiser l'extérieur de la fusée pour être protégés contre les extraterrestres et ensuite nous rentrerons à la maison. »

Patrick courut jusqu'à la fusée et aperçut le bouton qui portait l'inscription APPUYEZ POUR ENTRER DANS LA FUSÉE.

« Hé ! Nous pouvons entrer dans la fusée », dit Patrick.

« Non, nous ne pouvons pas ! s'écria Bob L'éponge. Nous allons seulement vaporiser l'extérieur de la fusée, puis nous rentrerons à la maison ! »

« Mais je n'ai seulement qu'à appuyer ici », dit Patrick en appuyant sur le bouton. La porte s'ouvrit... juste au-dessus de Bob L'éponge.

« J'ai réussi ! J'ai ouvert la porte ! s'écria Patrick. Entrons ! »

Patrick se précipita à l'intérieur et Bob L'éponge le suivit.

À l'intérieur, il y avait des lumières clignotantes, des leviers, des écrans vidéo et des boutons un peu partout.

« Nom d'une vache marine ! s'écria Patrick. Cela doit être la salle des commandes ! »

« Ne touche à rien ! » l'avertit Bob L'éponge. C'était trop tard. Patrick était déjà assis sur une chaise en face du moniteur vidéo. Il appuyait sur des boutons et pressait des leviers. Il croyait qu'il s'agissait d'un jeu vidéo.

« Regarde ! Je gagne ! » s'écria Patrick.

« Arrête immédiatement ! dit Bob L'éponge. Nous ne pouvons pas rester ici. C'est la fusée de Sandy. Arrête de jouer ! »

« J'ai encore gagné ! » cria Patrick.

« Vraiment ? demanda Bob L'éponge regardant attentivement par-dessus l'épaule de Patrick. Est-ce que je peux essayer ? Wow, quel est ce jeu ? »

Patrick haussa les épaules. « Je ne sais pas, mais nous pouvons essayer de voir à quoi servent les autres machins ! »

Il se mit à actionner d'autres leviers et à appuyer sur d'autres boutons. »

« J'aime les fusées ! » dit Patrick.

« Arrête d'appuyer sur les boutons ! » hurla Bob L'éponge.

À cet instant précis, Patrick aperçut un bouton très particulier.

« Même pas ce bouton ? demanda Patrick. Je parie que celui-ci met la fusée en marche. »

Bob L'éponge secoua la tête. « Patrick, désolé,

je ne veux pas t'en imposer, mais c'est moi le voyageur de l'espace ici, et il se trouve que je sais que le bouton pour faire démarrer la fusée se trouve juste ici ! »

Bob L'éponge montra du doigt un bouton rouge.

« Ce n'est pas lui ! » dit Patrick.

« Oui, c'est lui ! » dit Bob L'éponge.

« Prouve-le ! » dit Patrick.

« D'accord ! » dit Bob L'éponge en appuyant sur le bouton.

La fusée se mit alors à gronder, à trembler et à faire toutes sortes de bruits.

« Oh », dit Bob L'éponge.

Patrick montra Bob L'éponge du doigt et se mit à rire.

« Tu as fait démarrer la fusée ! Tu as fait démarrer la fusée ! Ha ! Ha ! Ha ! »

Tout ce tintamarre réveilla Sandy. Elle vit sa fusée décoller… vers la Lune !

Elle se leva dans son lit et cria : « Bob L'éponge ! »

chapitre quatre

Bob L'éponge et Patrick s'accrochaient l'un à l'autre alors que la fusée tremblait, vibrait et se balançait.

« Tiens bon, mon vieux ! » s'écria Patrick.

« Je tiens bon ! » s'exclama Bob L'éponge.

La fusée sortit de l'océan et s'élança dans les airs.

« Au revoir, Bikini Bottom ! » dit Bob L'éponge.

La fusée monta de plus en plus haut dans le ciel.

Soudain, Bob L'éponge et Patrick se mirent à flotter dans les airs.

« Au secours ! Que quelqu'un m'aide à redescendre ! » cria Patrick en flottant vers le haut de la fusée. Puis il se retrouva à l'envers. « Au secours ! Que quelqu'un m'aide à me remettre sur mes pieds ! »

Bob L'éponge regarda par la fenêtre et vit le ciel noir rempli d'étoiles. Des millions d'étoiles. « Nous sommes dans l'espace extra-atmosphérique ! » s'écria-t-il.

Bob L'éponge et Patrick se mirent à s'amuser en faisant des sauts périlleux et en flottant dans les airs.

« Je suis un oiseau ! » dit Patrick.

« Je suis un ballon ! » s'écria Bob L'éponge.

La fusée se dirigeait droit vers la Lune, exactement comme Sandy l'avait programmée pour le faire.

Bob L'éponge et Patrick ne portaient toutefois aucune attention à la direction de la fusée.

Patrick continua de se frapper contre les murs

2001

et d'appuyer sur des boutons. Il appuya sur tellement de boutons qu'il parvint à changer la direction de la fusée. La fusée fit le tour de la Lune et reprit la direction de la Terre !

Bob L'éponge et Patrick ne s'en rendirent pas compte car ils avaient trop de plaisir.

Pendant ce temps, à Bikini Bottom, Sandy était en train de passer les bretelles d'un moteur-fusée à réaction qui lui permettait de s'élever toute seule dans l'espace.

Alors qu'elle resserrait les courroies de son moteur-fusée, elle secoua la tête. « Parfois, ce Bob L'éponge est aussi stupide qu'un sachet d'arachides ! Que croyait-il faire en s'envolant avec ma fusée ? Je fais mieux de me rendre sur la Lune avant qu'il n'ait encore plus de problèmes ! »

Sandy décolla dans son moteur-fusée à réaction sans s'apercevoir que la fusée contenant Bob L'éponge et Patrick revenait dans l'océan.

chapitre cinq

Alors que la fusée regagnait l'atmosphère, Bob L'éponge et Patrick cessèrent de flotter et tombèrent sur le sol.

« Je ne suis plus un oiseau ! » dit Patrick.

« Nous devons être en train d'atterrir sur la Lune ! » s'exclama Bob L'éponge.

« Parfait ! » s'écria Patrick.

Bob L'éponge et Patrick enfilèrent leur combinaison spatiale et la remplirent d'eau pour ne pas sécher.

« Patrick, prépare-toi à marcher sur la Lune ! » proclama Bob L'éponge.

« Aïe ! Aïe ! capitaine ! » répondit Patrick.

Bob L'éponge ouvrit la porte de la fusée avec précaution. Ils sortirent la tête et aperçurent… la maison en pierre de Carlo, la maison en forme d'ananas de Bob L'éponge et la roche de Patrick.

« Wow… la Lune ressemble vraiment à chez nous », dit Patrick.

« Parfait ! dit Bob L'éponge. Nous ne nous sentirons pas dépaysés. »

Bob L'éponge posa soigneusement son pied sur le sable. « C'est un petit pas pour Bob L'éponge, mais un grand pas pour l'espèce spongieuse ! »

Tout d'un coup, Gary, l'escargot de Bob L'éponge, rampa vers eux.

Patrick le montra du doigt. « Hé, regarde ! C'est Gary ! »

« Miaou, » dit Gary.

« Viens ici, Gary ! » s'écria Patrick en se mettant à courir après lui.

Bob L'éponge attrapa Patrick. « Arrête ! Ne t'approche pas de lui ! »

« Pourquoi pas ? » demanda Patrick.

« Tout cela est un piège ! l'avertit Bob L'éponge. Les extraterrestres projettent nos souvenirs dans l'environnement ! Ils veulent nous faire croire qu'il s'agit de Bikini Bottom, mais en fait, il s'agit vraiment de la Lune. Ils essaient de nous confondre ! »

Patrick se gratta la tête. « Tu veux dire qu'ils ont pris ce que nous croyions croire pour nous faire croire que nous croyions que nos croyances que nous étions en train de croire sont des croyances que nous croyons que nous croyions ? »

Bob L'éponge acquiesça : « Je n'aurais pas pu mieux dire ! Mais nous n'allons pas tomber dans leur piège ! »

Bob L'éponge dirigea le pistolet collecteur de roches lunaires vers Gary. « Tu n'es pas Gary, mais tu prétends être Gary, alors prépare-toi à être cueilli ! »

Bob L'éponge appuya sur le bouton du collecteur de roches lunaires. ZAP !

Gary se trouva soudainement prisonnier d'un filet.

Bob L'éponge ricana. « Maintenant qu'avez-vous à dire pour votre défense, M. l'extraterrestre ? »

« Miaou, » dit Gary.

« Tu l'as eu, Bob L'éponge ! Quel lancer ! s'écria Patrick. Sandy sera tellement fière de toi ! »

Bob L'éponge devint blême. « Sandy ! Oh non ! Je l'ai complètement oubliée ! Elle doit être furieuse contre nous parce que nous lui avons volé sa fusée ! »

Bob L'éponge ne savait plus trop quoi faire. Il ne pouvait supporter l'idée que Sandy soit fâchée contre lui. Il essayait de penser à quelque chose qu'il puisse dire ou faire lorsque Gary miaula de nouveau.

« Voilà ! dit Bob L'éponge. Sandy ne nous détestera pas lorsqu'elle verra que nous lui avons rapporté un vrai extraterrestre vivant ! Ou deux ! Ou trois ! Ou quatre ! Ou plus ! Elle va m'aimer ! Viens, Patrick ! Commençons la chasse aux extraterrestres ! »

chapitre six

Bob L'éponge courut dans le sable en direction de la maison de Carlo.

Patrick le suivit et se mit à crier d'excitation : « Oh ! Wow ! Une chasse aux extraterrestres ! Une chasse aux extraterrestres ! »

« Silence, Patrick ! chuchota Bob L'éponge. Nous ne devons pas laisser savoir aux extra-terrestres que nous voulons les attraper. »

Bob L'éponge se mit alors à parler plus fort pour que tout le monde dans les environs puisse en-tendre. « Oh, oui ! " La chasse aux extraterrestres ".

C'était une excellente émission de télévision! Les effets spéciaux étaient extraordinaires ! »

Bob L'éponge fit signe à Patrick de le suivre jusqu'à la porte de la maison de Carlo. « Hé Patrick! lança-t-il. Allons visiter notre vieil ami Carlo et voir ce qu'il devient ! »

Bob L'éponge frappa à la porte.

Personne ne répondit.

Ils ouvrirent silencieusement la porte et entrèrent dans la maison.

« Assure-toi que le pistolet collecteur d'extraterrestres est prêt à agir », chuchota Bob L'éponge en entrant dans la chambre de Carlo.

Carlo était endormi dans son lit. Ses quatre petites pantoufles de lapin reposaient sur le sol à côté de son lit.

« C'est un extraterrestre très laid », dit Bob L'éponge.

« Il est dégoûtant ! » ajouta Patrick.

Carlo était endormi et parlait dans son rêve. « Oh… Oh... Grand-maman… ne prends pas ma clarinette… je serai un bon calamar. »

Patrick et Bob L'éponge s'avancèrent vers le lit de Carlo et l'observèrent alors qu'il dormait.

« Il est même plus laid lorsqu'on s'approche, chuchota Bob L'éponge. Commençons l'observation des extraterrestres. »

Bob L'éponge enleva la couverture qui couvrait le calamar. Carlo portait une chemise de nuit brodée de petits ours et de petits canards.

Patrick regarda de plus près. « Regarde ! Il y a quelque chose en dessous de l'extraterrestre ! »

Bob L'éponge aperçut quelque chose de rouge et de caoutchouteux sous le corps de Carlo.

« Je crois que je vais être malade ! » dit Patrick.

Bob L'éponge tira l'objet. Il s'agissait seulement de la bouillotte en caoutchouc de Carlo. Il l'utilisait la nuit pour se garder au chaud.

Mais Bob L'éponge s'imagina qu'il s'agissait de quelque chose d'autre. Il la leva vers Patrick. « Est-ce que tu sais de quoi il s'agit ? » demanda-t-il.

« Ça sent mauvais ! » répliqua Patrick.

« C'est un sac à œufs », dit Bob L'éponge.

« C'est un sac à œufs qui sent mauvais », dit Patrick.

Bob L'éponge continua : « Cet extraterrestre répugnant a pondu un œuf, et si je ne me trompe, il est rempli de bébés extraterrestres ! »

« Maintenant, je sais que je vais être malade ! » s'écria Patrick.

Bob L'éponge approcha la bouillotte de la lampe située à côté du lit de Carlo. La lumière brillait derrière la bouillotte et fit apparaître la silhouette des deux mains de Bob L'éponge.

« Des jumeaux ! s'écria Bob L'éponge. D'horribles, répugnants et méchants jumeaux extraterrestres ! »

À cet instant précis, Carlo se retourna et un de ses tentacules atterrit en plein dans le visage de Patrick.

SPLAT !

« Au secours ! Enlève-moi cette chose du visage ! » s'écria Patrick.

Bob L'éponge se précipita pour enlever le tentacule de Carlo du visage de Patrick… Mais il était collé !

« Ne laisse pas cet extraterrestre m'avoir, Bob L'éponge ! » s'écria Patrick.

« Jamais ! » hurla Bob L'éponge.

Avec tous ces bruits et ces cris, Carlo se réveilla. « Patrick ! Bob L'éponge ! Que faites-vous dans ma chambre à coucher ? Redonnez-moi mon tentacule ! » Carlo enleva son tentacule du visage de Patrick.

« La méchante et répugnante créature s'est réveillée ! » s'écria Bob L'éponge.

« Hé ! Qui es-tu en train de traiter de méchant et répugnant ? » hurla Carlo.

« Capturons ce petit imposteur ! » dit Bob L'éponge.

« Éloigne-toi de moi ! » s'écria Carlo en sautant de son lit.

Carlo tenta de s'enfuir, mais Patrick le plaqua.

« Ouille ! » s'écria Carlo.

« Retiens-le, Patrick ! » s'exclama Bob L'éponge alors qu'il préparait son collecteur de roches lunaires pour le diriger sur Carlo.

« Bob L'éponge ! s'écria un Carlo terrifié. Par Neptune, qu'es-tu en train de faire ? »

« Ce que tout bon citoyen patriotique de Bikini Bottom ferait ! » déclara Bob L'éponge.

ZAP !

chapitre sept

Le Capitaine Krabs, le patron de Bob L'éponge et le propriétaire du restaurant Le Crabe Croustillant, faisait faire une marche nocturne à son serpent de mer.

Le Capitaine Krabs pensait à tout l'argent qu'il s'était fait au cours de cette journée. Tout à coup, il entendit un bruit étrange et il aperçut Bob L'éponge et Patrick qui sortaient de la maison de Carlo. Ils transportaient un sac d'allure mystérieuse.

« Bonsoir, les garçons ! Alors, vous vous couchez tard pour jouer aux pirates, n'est-ce pas ?

Vous vous êtes trouvé un nouveau compagnon ? » demanda le Capitaine Krabs en riant.

Bob L'éponge donna un coup de coude à Patrick. « C'est un autre extra-terrestre ! Attrapons-le ! »

Ils sortirent leurs pistolets et les pointèrent vers le Capitaine Krabs.

Le Capitaine Krabs eut l'air terrifié. « Non, ne tirez pas sur moi ! »

Bob L'éponge le mit en joue. « Prêt..., je... »

Le Capitaine Krabs leva une pince. « Un instant je vous prie ! J'ai changé d'avis, vous pouvez tirer sur moi ! Je vous demande seulement de ne pas prendre mon précieux et adorable argent ! »

« Nous ne voulons pas de votre argent, homme de la Lune ! » dit Bob L'éponge.

Le Capitaine Krabs poussa un soupir de soulagement. « Voilà bien la meilleure nouvelle que j'aie entendue aujourd'hui ! »

« Ce que nous voulons, c'est toi ! » lança Patrick.

ZAP !

Ensuite tout ce que le Capitaine Krabs sut c'est qu'il était prisonnier dans un filet.

« Bob L'éponge ! Si tu ne me laisses pas sortir d'ici immédiatement, tu ne retourneras plus jamais un pâté de crabe de ta vie ! »

« Belle tentative, extraterrestre ! » dit Bob L'éponge.

Pendant ce temps, Sandy avait atterri sur la Lune. Elle regarda, partout, partout, mais elle ne vit aucun Bob L'éponge ni aucune fusée spatiale.

« Où a bien pu passer cette tête de linotte ? se demanda-t-elle. Il a dû retourner à Bikini Bottom. Je ferais mieux d'y revenir moi aussi. »

Elle appuya sur le bouton de son moteur-fusée à réaction et elle décolla vers la maison.

Pendant ce temps, à Bikini Bottom, Bob L'éponge et Patrick étaient retournés à la fusée. Ils lancèrent les filets contenant Carlo et le Capitaine Krabs près de Gary dans la soute à bagages.

« Ouille ! » s'écria Carlo.

« Aïe ! » hurla le Capitaine Krabs.

« Miaou, » dit Gary.

Bob L'éponge observa les trois créatures. « Regarde-les ! Ils se tortillent comme une bande d'extraterrestres affreux et répugnants ! »

« Ils sont dégoûtants ! » dit Patrick.

Bob L'éponge ferma la porte. « C'est un travail difficile mais quelqu'un doit le faire ! Et ce quelqu'un est nous deux ! Nous avons une mission, Patrick. C'est l'heure du rassemblement des extraterrestres ! »

Bob L'éponge et Patrick se rendirent ensuite à l'école de pilotage de bateau de Madame Puff.

Madame Puff était en train de corriger des copies à son bureau lorsqu'elle leva les yeux et les vit entrer dans la classe.

« Bob L'éponge ! Patrick ! dit Madame Puff. Que faites-vous ici à une heure aussi tardive ? »

Bob L'éponge sourit d'un air sarcastique. « Nous sommes ceux qui poseront les questions ici, Madame Puff… s'il s'agit de votre vrai nom, et il se trouve que je sais que ce ne l'est pas ! »

Madame Puff se leva de son bureau, furieuse. « Bob L'éponge ! Tu vas t'asseoir dans le coin et réfléchir à ce que tu viens juste de dire ! »

« L'école est finie, Madame ! » s'écria Bob L'éponge.

Madame Puff se mit à hurler mais il était trop tard.

ZAP !

Alors qu'ils la traînaient hors de la classe dans son filet, Madame Puff s'écria : « Cela sera inscrit à ton dossier scolaire, Bob L'éponge ! »

Bob L'éponge et Patrick continuèrent de poursuivre tous les habitants de Bikini Bottom.

Ils trouvèrent Pearl, la fille du Capitaine Krabs, au centre commercial des observateurs de baleines. C'était une baleine tellement immense qu'ils durent utiliser six filets pour la capturer.

« Excusez-moi ! se plaignit-elle. Mais ces filets ne s'agencent pas du tout avec mon costume ! »

Ensuite ils capturèrent Plankton, le plus petit résident de Bikini Bottom, qui vit dans un seau. Il tentait de se glisser à l'intérieur du Crabe Croustillant pour dérober un pâté de crabe.

« Enfin, je vais avoir le secret de la recette du pâté de crabe et le monde entier m'appartiendra ! » s'exclama Plankton.

« Pas si vite ! » s'écria Bob L'éponge.

« Tu es un extraterrestre et tu nous appartiens ! » dit Patrick.

« Ha ! Vous ne m'attraperez jamais ! » s'écria Plankton.

ZAP !

« Vous m'avez eu », dit Plankton d'un ton triste.

LE CRAB
CROUSTILL

chapitre huit

La population entière de Bikini Bottom fut bientôt prisonnière dans des filets. Bob L'éponge et Patrick la poussèrent dans la soute à bagages de la fusée spatiale. Il y avait maintenant foule.

« Bob L'éponge, nous avons un problème, dit Patrick. Ils ne peuvent pas tous entrer dans la fusée spatiale ! »

« Tu n'as qu'à pousser plus fort ! dit Bob L'éponge. Nous devons avoir tous les extra-terrestres ! »

« Nous ne sommes pas des extraterrestres ! » hurla Carlo de l'intérieur de son filet.

« Ha ! Ha ! C'est ce qu'ils disent tous », dit Bob L'éponge.

« Bien sûr, nous le disons tous ! C'est la vérité ! » grogna le Capitaine Krabs.

« Je dois retourner au centre commercial ! » s'écria Pearl.

« J'ai des examens à corriger ! » dit Madame Puff.

« Rendez-moi ma liberté ou donnez-moi la recette de pâté de crabe ! » s'écria Plankton.

« Ne les écoute pas, Patrick, l'avisa Bob L'éponge. Ils essaient seulement de nous confondre par des moyens machiavéliques d'extraterrestres ! »

Ils étaient en train de pousser le dernier « extra-terrestre » dans la fusée lorsqu'ils entendirent soudainement un bruit provenant d'en haut.

« Regarde, Bob L'éponge ! cria Patrick. C'est Sandy ! »

Sandy descendait tranquillement vers eux. « Bob L'éponge ! Qu'est-ce que vous êtes tous en train de faire ? Dès que j'ai le dos tourné, ne serait-

ce que deux petites secondes, vous causez des tas de problèmes. »

« Aide-nous, Sandy ! » s'écria Carlo.

Sandy atterrit sur le sol océanique et jeta un coup d'œil à l'intérieur de la soute à bagages. Elle vit tous les habitants de Bikini Bottom prisonniers dans des filets.

« Mais, que se passe-t-il ici ?... » demanda Sandy. Envelopper tous vos amis et voisins comme s'il s'agissait d'une récolte fraîche de saucisses fumées ! Vous avez complètement ruiné ma petite expérience scientifique ! Vous devriez avoir honte de vous ! »

Bob L'éponge pointa le collecteur d'extraterrestres vers Sandy.

« Belle tentative, Madame l'extraterrestre, mais je ne tomberai pas dans votre piège ! » dit Bob L'éponge.

« Es-tu certain qu'il ne s'agit pas de la vraie Sandy ? » demanda Patrick.

« Tire maintenant. Pose les questions ensuite », dit Bob L'éponge.

Sandy regarda Bob L'éponge d'un air furieux. « Pourquoi braques-tu ce collecteur de roches lunaires sur moi ? »

« Parce que tu es une extraterrestre », dit Bob L'éponge.

ZAP !

Sandy fut alors prisonnière d'un filet, comme tous les autres. Bob L'éponge et Patrick la jetèrent dans la soute à bagages.

« Extraterrestres ! s'exclama Sandy. Est-ce de cela dont il est question ? Vous pensez que nous sommes des extraterrestres ? »

Bob L'éponge appuya sur le bouton pour refermer la porte de la soute à bagages.

La porte se ferma lentement sur Sandy qui ne cessait de répéter : « Ceci n'est pas la Lune ! Tu es encore à Bikini… »

La porte se referma. Ni Bob L'éponge ni Patrick ne l'entendirent.

Bob L'éponge secoua la tête. « Tout ceci est

pour te démontrer que tu ne peux avoir confiance en personne, Patrick ! N'importe qui pourrait être un extraterrestre ! Même… »

Bob L'éponge regarda Patrick avec suspicion. « Patrick, pendant tout ce temps, tu étais un extraterrestre ! » dit Bob L'éponge.

« Je l'étais ? » demanda Patrick.

« Et tu ne me l'as même pas dit ! » dit Bob L'éponge.

Bob L'éponge pointa son arme vers Patrick.

Patrick pointa son arme vers Bob L'éponge. « Pas si vite ! Ce n'est pas toi qui m'auras… c'est… c'est moi qui m'aurai ! »

En disant cela, Patrick retourna son collecteur contre lui-même et se tira droit dans le visage, s'emprisonnant ainsi lui-même dans un filet.

« Au secours ! Je suis un extraterrestre ! » s'écria Patrick.

chapitre neuf

Bob L'éponge jeta Patrick dans la soute à bagages. Il entra ensuite dans la fusée spatiale et se précipita vers la salle des commandes.

Bob L'éponge sourit en appuyant sur le bouton DÉCOLLAGE. « Wow ! Je meurs d'impatience de voir la réaction de Sandy lorsque j'arriverai à Bikini Bottom avec tous ces extraterrestres ! Elle croira que je suis le plus merveilleux garçon de la terre ! »

Bob L'éponge régla les commandes pour une vitesse extrasuperrapide.

La fusée vrombit dans l'espace, apportant avec elle sa cargaison de créatures marines confuses.

« Bikini Bottom, me voici ! » s'écria-t-il.

Quand la fusée atterrit, Bob L'éponge se précipita à l'extérieur en criant, « Hé, Sandy ! Je suis revenu ! Viens voir ce que j'ai trouvé ! »

Il s'arrêta.

Il regarda autour de lui.

Il ne pouvait voir ni sa maison en forme d'ananas, ni la maison de Carlo, ni la roche de Patrick, ni même le Crabe Croustillant.

Tout ce qu'il voyait était des cratères et des roches, suivis de plus de cratères et de roches.

« Wow, pensa-t-il en lui-même, Bikini Bottom a vraiment changé. »

Puis Bob L'éponge regarda dans le ciel et il aperçut… la Terre.

« Oh oh ! » dit Bob L'éponge.

« Bob L'éponge ! » s'écrièrent Sandy, Carlo, le Capitaine Krabs, Madame Puff, Pearl et tous les autres résidents de Bikini Bottom.

Bob L'éponge ouvrit la soute.

« Euh.... Je crois qu'il y a eu un petit malentendu », dit Bob L'éponge.

« Sors-nous d'ici ! » lança Sandy.

Bob L'éponge libéra tout le monde des filets.

« Qu'as-tu à dire pour ta défense, Bob l'éponge ? » demanda Carlo.

« Je suis désolé, s'écria Bob L'éponge. Tout est de ma faute ! J'ai été aveuglé par la science ! Vous retournerez tous à la maison et je resterai sur la Lune, ça sera ma punition ! Je serai banni de Bikini Bottom à tout jamais ! »

« Cela me semble être une bonne idée ! » dit Carlo.

« Allons donc ! On ne peut pas laisser Bob L'éponge ici, dit Sandy. Bikini Bottom ne serait plus le même sans lui. »

« Je suis d'accord ! » dit Bob L'éponge.

Ils regagnèrent donc tous le chemin de la maison. Sandy pilota la fusée pour le trajet du retour vers la Terre.

« Bob L'éponge, j'espère que tu as eu ta leçon », dit Sandy.

« Oui, je sais, dit Bob L'éponge. Ne jamais aller dans la fusée de son amie sans sa permission, ne jamais s'envoler vers la Lune et ne jamais capturer tous ses amis dans des filets parce que l'on croit qu'ils sont des extraterrestres. »

« Je considère que tu as bien compris, » dit-elle.

« Alors, Sandy ? demanda Bob L'éponge. Où irons-nous la prochaine fois ? Mars ? Vénus ? Pluton ?... »

« Calme-toi, Bob L'éponge, je n'arrive pas à me concentrer ! »

« ... Jupiter ? Saturne ? Uranus ? » continua Bob L'éponge.

« Je sais exactement où tu iras », dit Sandy.

« Où ? » demanda Bob L'éponge sur un ton animé. « Est-ce que j'irai capturer des extraterrestres ? »

ZAP !

Sur ce, Sandy tira sur Bob L'éponge avec son pistolet, elle le fit prisonnier d'un filet et elle l'enferma dans la soute.

« Oh non ! s'écria Patrick. Bob L'éponge est un extraterrestre ! »

Sandy secoua la tête.

Le voyage de retour à Bikini Bottom allait être long.

à propos de l'auteur

Steven Banks est un écrivain et un acteur qui joue plusieurs instruments de musique. Il écrit des histoires et des chansons pour les enfants à la télévision. Quand il était lui-même enfant, Steven et sa famille ne manquaient jamais de regarder le décollage d'une fusée du programme spatial Mercury. Une fois, il a même fabriqué, dans sa garde-robe, ce qu'il appelait « une fusée spatiale très chouette » ! Il habite à Glendale, en Californie.

Procure-toi d'autres titres
de la même collection :

Thé au Dôme vert

Culotte nature

Un nouvel élève

Culotte à air

Le plus beau des Valentins